A PROPOS

DE LA

DÉFENSE DE PARMAIN

En Septembre 1870

——

Par CH. BERNAY

Ancien Maire de Valmondois
et Suppléant de Justice de Paix de l'Isle-Adam
Gendre du feu docteur Dupuy.

JUILLET 1886.

Pontoise.—Imp. Patel et Désablean, rue Basse, 61 & 63.

A PROPOS

DÉFENSE DE PARMAIN

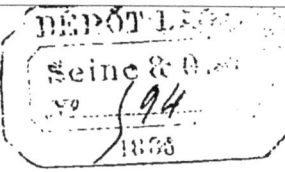

A PROPOS

DE LA

DÉFENSE DE PARMAIN

En Septembre 1870

Par CH. BERNAY

Ancien Maire de Valmondois
et Suppléant de Justice de Paix de l'Isle-Adam
Gendre du feu docteur Dupuy.

JUILLET 1886.

Pontoise. — Imp. Putel et Désableau.

AVANT-PROPOS

Le récit et l'exposé qui vont suivre sont faits en vue de rectifier des erreurs, de réparer des omissions et de présenter les faits et les hommes sous leur véritable jour, sur ce qu'on a écrit touchant la Défense de Parmain en septembre 1870, le choléra de 1832 et les incendies sur la ligne du Nord en 1848.

J'avais pensé que le journal *Le Républicain de Seine-et-Oise*, qui a inséré dans ses colonnes différents articles touchant les faits accomplis à ces trois dates, voudrait bien donner la même hospitalité à la rectification qui va suivre. Je m'étais trompé.

Devant le refus qui m'est fait et contre lequel je ne veux pas récriminer, je ne puis recourir à la publicité que sous forme de brochure, et je m'y résigne.

Cela fait, je verrais avec plaisir que des journalistes judicieux voulussent bien publier *in-extenso* le simple récit que j'ai l'honneur de mettre sous les yeux de mes concitoyens.

Ch. B.

A Monsieur l'Administrateur du Journal

Le Républicain de Seine-et-Oise

8, Rue d'Aumale, à Paris.

Monsieur l'Administrateur,

Le bruit qui se fait depuis plusieurs mois au sujet de « la défense de Parmain » a réveillé dans le cœur des habitants de la localité de bien tristes et bien douloureux souvenirs, dont j'ai ma large part.

Vous avez bien voulu donner place, dans votre journal, à tout ce qu'on a écrit depuis longtemps sur ce sujet ; l'auteur du récit de ce déplorable événement est même remonté plus haut dans l'ordre du temps : à l'année 1832, pour revenir à l'année 1848 et finir en septembre 1870. C'était son droit, je ne viens pas le contester ; je viens seulement, à mon tour, vous prier d'accorder dans ce journal, ami de la vérité, et auquel je suis abonné depuis son origine, une place en faveur des observations que tout ce bruit appelle et qui me sont dictées autant par le devoir que m'impose la piété filiale envers la mémoire du feu Docteur Dupuy, que par l'amour de la justice.

Le journal *Seine-et-Oise illustré* a aussi inséré dans son n° 15, page 182, un article intitulé :

LA

DÉFENSE DE PARMAIN

Je ne m'arrêterai point à cet article. Ceux qui connaissent les faits trouvent qu'il est un peu... enflé, fantastique... Passons, en le laissant de côté.

Je fais précéder mes observations d'une épigraphe qui se trouve au bout de ma plume fort à propos et que voici :

« Rendons à César ce qui est à César »

et je ne les fais porter que sur les lignes insérées à la première page du n° 517 du *Républicain de Seine-et-Oise*, du mercredi 9 décembre 1885, et ayant pour titre :

« UN HÉROS OUBLIÉ »

L'auteur de ces lignes a commis une erreur, involontaire, sans doute, mais qu'il importe de rectifier : il a fait confusion entre deux personnes très distinctes, en substituant le nom de M. Capron, pharmacien, à celui du Docteur Dupuy, mon beau-père, en son vivant médecin à Parmain, qui s'est dévoué pour le soulagement de l'humanité et la défense de l'ordre, en 1832 et en 1848, en temps d'épidémie et de guerre civile : Rendons donc au Docteur ce qui n'est qu'à lui.

En effet, M. Capron n'est venu s'établir dans la localité qu'en juillet 1835 ; il n'a pu, par conséquent, se dévouer pendant l'épidémie cholérique de 1832 ; mais le Docteur Dupuy, installé à Parmain depuis 1829, était debout jour et nuit pendant ce terrible fléau qui apparaissait pour la première fois : jeune et vaillant, généreux et désintéressé, aimant son art autant que l'humanité, on voyait le vigilant Docteur paraître partout au galop de son cheval, dans nos communes rurales, portant des bienfaits et la consolation au chevet des malades et les guérissant quelquefois.

Lors des évènements dont la France fut le théâtre en 1848, des malheureux, égarés par les mauvaises passions, ou qui voyaient dans l'existence des chemins de fer une cause de ruine pour leur industrie, brisaient et brûlaient le matériel et les stations du chemin de fer du Nord. Ils poussaient devant eux des voitures de 1re classe, portant le fer et le feu destinés à l'accomplissement de leur œuvre abominable et semblaient se faire gloire de leur horrible action.

Déjà ils avaient incendié bon nombre de stations et un matériel considérable, à la vue de tout le monde, sans que personne osât s'y opposer ; car, pour effrayer les honnêtes gens, ces misérables se disaient suivis de vingt-cinq mille bandits venant des faubourgs de Paris. C'était faux, heureusement, mais on l'ignorait ici et l'on n'était pas sans inquiétude. Ils arrivent à grand bruit, avec un wagon contenant leurs outils de destruction, en vue de Parmain. L'un d'eux est armé d'un sabre-poignard qu'il a dérobé à un garde-barrière de la ligne ; un autre, d'un pistolet qui n'a pas de chien et qu'il enflamme avec une allumette : C'est aussi triste que ridicule ! Attiré par ce bruit, beaucoup de monde se porte au passage à niveau, voisin de la station, et qui mène à l'Isle-Adam. La compagnie de sapeurs-pompiers, ayant pour sous-lieutenant M. Capron, et la garde nationale ayant pour capitaine M. Duc, se rendent aussi à ce passage.

Tout le monde semblait sous le coup d'une terreur indicible ; personne n'osait opposer de barrière à ces bandits, soit par crainte de représailles, soit par crainte d'encourir une lourde responsabilité... C'est triste à dire.

Cependant, M. Mailly, menuisier à Parmain, homme énergique, ayant servi dans l'artillerie française et qui était caporal des pompiers, s'avance avec quatre hommes à la rencontre de ces énergumènes et les fait reculer. Mais ces braves ne sont point soutenus et se voient repoussés par le nombre. Le caporal Mailly propose de se porter au passage du ruisseau le Sausseron, à Valmondois, et d'y élever une barricade pour s'opposer à l'envahissement de la rive gauche de ce ruisseau ; d'autres pompiers et des gardes nationaux se joignent à lui et demandent des ordres pour entrer en action, mais leurs chefs, mais le chef de bataillon de la garde nationale, pour des raisons restées inconnues, refusent de donner ces ordres.

Alors, les bandits, encouragés par cette pusillanimité inexplicable (souvent les honnêtes gens n'osent point entreprendre), alors, dis-je, les bandits s'avancent en sûreté et brisent les portes et les fenêtres des maisons du garde-barrière et de la station. On les regarde faire !.....

A ce moment arrive le Docteur Dupuy.

Témoin de l'inaction des défenseurs de la loi en présence de pareils actes de sauvagerie, sa conscience s'indigne, se révolte, cette inaction le fait sortir des gonds. Doué de forces physiques et morales peu communes, il aborde résolûment cette tourbe d'individus sortis de tous les bas fonds, reconnaît parmi eux bon nombre de jeunes gens inconscients du cas dans lequel ils se mettaient, leur donne une verte semonce, les renvoie à leurs travaux et engage contre les récalcitrants une lutte acharnée!... Mais il était seul, et les pompiers à qui on avait refusé l'ordre d'agir rongeaient là leur frein, l'arme au pied!

Déjà le courageux Docteur avait reçu un violent coup de pelle de fer derrière la tête, et peut-être aurait-il succombé sous le nombre, si les époux Dénise, tuiliers propriétaires à Parmain, n'étaient venus à son secours. Ils le tirèrent des mains des bandits, qui l'auraient certainement assommé. Dans la lutte, la marmotte dont la dame Dénise était coiffée sauta en l'air et devint le trophée de ces misérables !

Cependant ceux-ci étaient restés vainqueurs. Ils s'acharnèrent contre la grue qu'ils renversèrent et brûlèrent avec plusieurs wagons. Ils avaient aussi mis le feu à l'intérieur de la station ; mais les pompiers, enhardis par l'exemple du Docteur Dupuy et grâce à l'énergie de leur caporal Mailly, l'éteignirent promptement et une partie seulement du parquet fut brûlée.

Enfin un poste de gardes nationaux, dont je faisais partie, fut installé à cette station pour la garder jour et nuit : C'était finir par où l'on aurait dû commencer.

Mais les incendiaires, dont le nombre avait sensiblement diminué après la volée qu'ils venaient de recevoir, n'étaient pas encore assez repus d'horreurs. La rage de la dévastation n'était pas encore assouvie. Ces misérables s'acheminèrent vers Beaumont en suivant la ligne, brisant tout sur leur passage et se promettant de ne laisser vestige de la gare de cette ville. Il était facile de pressentir leur projet. Aussi le Docteur Dupuy avait-il expédié le nommé Ducrot dans cette localité, pour avertir les habitants qu'ils aient à se tenir sur leurs gardes. C'est ce qu'ils firent. Aussi quand ces nouveaux vandales, conduits par la boisson et leurs mauvais instincts, arrivèrent, un peu à la débandade, ils furent reçus à coups de bâtons et de barres de fer et complétement mis en déroute par de vaillants ouvriers de

Persan et de Beaumont ayant à leur tête leur chef d'usine, qui les attendaient de pied ferme, et la gare et le matériel furent sauvés !

Cependant les gardes nationaux de Parmain, auxquels étaient venus se joindre une partie de ceux de l'Isle-Adam, et les sapeurs-pompiers étaient restés à la station de Parmain. Les bandits refoulés de Persan et des traînards avinés circulaient encore sur la voie ferrée : ils en firent une rafle ; on les garda à vue dans la salle d'audience de la Justice de Paix de l'Isle-Adam et le lendemain des gardes nationaux et des pompiers les conduisirent à la prison de Pontoise.

Voilà la vérité. Voilà comment ces actes de dévastation ont pris fin ; s'il y a là de l'héroïsme, il faut convenir qu'il revient pour une bonne part au Docteur Dupuy et aux époux Dénise, ses sauveurs. Honneur donc à ces vaillants défenseurs de l'ordre et de la propriété, qui, eux, du moins, ont empêché, et non amené des ruines !

En 1849, nouvelle épidémie cholérique, nouveau dévouement du Docteur Dupuy.....

Malheureusement, il n'était point à Parmain pendant la guerre néfaste de 1870-1871, qu'il voyait avec inquiétude. Mme Dupuy, fille et petite-fille d'anciens soldats, d'anciens commandants de gendarmerie, et qui déjà avait vu le territoire de la France deux fois envahi, redoutait la troisième invasion qui s'accomplissait. Elle avait voulu quitter son domicile, et M. Dupuy l'avait conduite, ainsi que sa fille et sa petite-fille, à Vic-Fézensac, dans le Gers. En partant, le pauvre Docteur, qui connaissait son monde, avait le pressentiment que quelque grand malheur frapperait Parmain. Ses craintes, qu'il avait communiquées à quelques personnes, en leur recommandant ses livres, n'étaient, hélas ! que trop fondées !

Peu de temps après son départ, un corps de l'armée ennemie investissait Paris, se répandait au nord jusqu'à la rive gauche de l'Oise, et franchissait cette rivière à Pontoise, pour se rendre à Versailles et à Mantes, en passant par Courdimanche, village situé sur un point culminant au nord des hauteurs de l'Hautil. L'ennemi, on le voit, était prudent.

Un temps d'arrêt se produisit après la marche d'un corps de

l'armée ennemie vers le sud-ouest, et la route de Beaumont à Pontoise devint un moment déserte. Ce calme avait quelque chose de lugubre... On se sentait étreint d'un malaise indéfinissable!... Qu'allait-on devenir sans défense ? Nous aurions voulu exterminer tous ces Tudesques, mais les moyens nous manquaient absolument.

Après ce temps d'arrêt, un mouvement en sens inverse eut lieu. Des fourgons remontèrent le cours de l'Oise. Ils formaient un convoi de deux à trois cents mètres de longueur, escorté par des fantassins. Ce convoi, après avoir stationné à Mériel, où l'escorte pilla quelques boutiques, s'était remis en marche et s'engageait entre l'Oise et le parc de Stors, quand il fut attaqué à l'improviste par une poignée de volontaires sans discipline, *indépendants*, au nombre desquels se trouvait M. Capron. Au bruit du feu, ouvert trop tôt par maladresse, les fantassins qui fermaient la marche du convoi et qu'on avait encore pu voir, rebroussèrent chemin et s'abritèrent dans les futaies situées entre Stors et Mériel, d'où ils ne sortirent que quand ils virent les assaillants, qui venaient de culbuter ce convoi et qui croyaient n'avoir plus rien à combattre, abandonner leur position derrière les arbres et les broussailles qui les couvraient.

Alors ces fantassins escaladent les murs du parc, s'en font un rempart et ouvrent un feu très nourri contre ceux qui se retiraient tranquillement, en toute sécurité, de différents côtés à la fois. Les broussailles furent hachées et les arbres déchirés par les balles ennemies ; les volontaires s'abritèrent derrière le remblai du chemin de fer, et, hormis une jeune fille, se trouvant au nombre des curieux accourus au bruit de la fusillade, et qui eut le genou effleuré par une balle, personne ne fut atteint.

Alors les fantassins ennemis, qui ne voient plus personne devant eux, mais qui redoutent une nouvelle surprise sur les bords de l'Oise, gagnent les hauteurs de Stors et la forêt, et se dirigent vers les Bons-Hommes, où ils sont attaqués de nouveau par d'autres volontaires.

Du nombre des assaillants de Stors qui s'étaient dispersés après l'action, quelques-uns reviennent à Parmain. J'y viens moi-même pour visiter la maison du Docteur Dupuy, et, avant de rentrer chez moi, je descends à l'Isle-Adam, afin de me rendre compte de ce qui s'y passait depuis notre attaque. L'exaltation y était grande. On s'était fait des trophées des chariots culbutés à Stors, on les promenait par les rues... On croyait que c'en était fait de l'ennemi : L'aveuglement était à son comble!!!

Devant le pont du milieu joignant les deux îles, et qui était coupé, je trouve plusieurs volontaires qui, grisés par la déroute de l'ennemi à Stors, et se croyant désormais invincibles, construisaient une barricade avec des pavés. Je cherche à leur persuader, sans, hélas! pouvoir y réussir, qu'ils commettaient une grande faute, une grande imprudence ; qu'en ouvrant le feu contre l'ennemi derrière cette barricade, ils exposaient le pays à de terribles représailles ; que si cette barricade offrait un rempart assuré contre les balles, elle pouvait être aisément réduite par le canon et facilement tournée par l'ennemi, et qu'ainsi la sécurité n'était point parfaite. Mais ces hommes étaient affolés, ils avaient perdu leur sang-froid, et, incapables de discipline, le cœur gros d'ailleurs de nos malheurs, ils refusaient, dans leur patriotisme aveugle, d'entendre la raison! M. Desmortiers, qui était là, avec son fusil de chasse et un revolver à la ceinture, seul, l'entendit; il quitta avec moi la barricade que l'on élevait et mit son fusil en lieu sûr. Hélas! que ne l'y a-t-il laissé!...

Cependant, la barricade est construite ; on y veille ; un poste est établi dans le cabaret Gamme, au passage à niveau du chemin de fer ; la nuit se passe dans le plus grand calme. Pourtant tout n'était pas fini ; ce calme était trompeur... Il allait bientôt cesser.

Le surlendemain du premier jour de Stors, de l'infanterie, un corps d'uhlans et deux pièces de canon, qui suivaient la même route que le convoi culbuté l'avant-veille, sont de nouveau attaqués, au moment où ils s'engagent entre l'Oise et le parc de Stors. Alors un petit nombre de soldats escalade encore les murs du parc, s'en fait un abri, ainsi que des maisons voisines, et riposte au hasard par une vive fusillade. Les assaillants, tapis dans des trous, derrière des arbres et des piles de bois, n'éprouvèrent aucun mal. L'ennemi, de son côté, ne paraît pas avoir beaucoup souffert : un tué et deux blessés, dit-on.

Il se retira par des chemins de traverse (laissant l'étang à gauche),

chemins qui, à l'angle du parc de l'Abbaye-du-Val, joignent la
route départementale allant de Mériel à la Cave aboutir à la
route de Calais, et qui, par un embranchement se détachant à
droite dans la forêt, passe à Baillet et va aussi, peu après, faire
sa jonction avec cette même route de Calais, dans la plaine,
entre Moisselles et Montsoult.

Cette route de Mériel, qui longe le parc de l'Abbaye-du-Val
dans toute son étendue, se trouve, à l'extrémité de ce parc, res-
serrée entre deux côteaux boisés dont les pentes sont assez
abruptes : ce qui donne à ce lieu une certaine ressemblance
avec le célèbre défilé d'Exilles. Cependant, la route n'était point
interceptée.

Là, derrière les murs du parc, sont embusqués quatre volontaires
attendant le passage de l'ennemi.

Un premier peloton d'uhlans arrive, mais les volontaires
n'étant pas prêts pour l'attaque le laissent passer. Un second le
suit de près, qui est reçu par une décharge à bout portant et
plusieurs malheureux arrachés de leurs foyers pour la cause des
rois, roulent dans la poussière !..... Surpris par cette nouvelle
attaque, l'ennemi rebrousse chemin à toute bride, s'arrête un
moment pour panser ses blessés et gagne ensuite, à travers les
plaines de Mériel et de Frépillon, la route départementale de la
vallée de Montmorency, et disparaît...

C'est fini pour ce jour-là, mais l'orage grossit...

Le lendemain, l'ennemi, irrité, voulant tirer vengeance des
attaques réitérées des volontaires, envahit l'Isle-Adam par une
autre route, l'avenue de Paris. Là, il apprend qu'une barricade
avait été élevée devant le pont coupé qui joint les deux îles et
s'avance pour la reconnaître.

Si c'était une grande faute — étant donnés les moyens de
défense dont nous disposions — d'avoir construit cette barricade,
c'était aussi une grande imprudence de se présenter devant elle.
C'était exposer des hommes sans nécessité ; c'était de la gloriole !

Dès que l'ennemi paraît, ceux qui sont embusqués derrière
les pavés tirent sur lui. Soudain les Prussiens se retranchent
dans les maisons du voisinage, dans celles du Pâtis, et jusque
dans le saut-de-loup du parc des Ecuries, et ripostent au feu
de la barricade. Les belligérants, bien abrités des deux côtés,

continuèrent la lutte pendant plusieurs heures. Il y eut, dit-on, plus de mal du côté des Prussiens que des Français, qui n'eurent qu'un homme tué, le nommé Paul Rouillon, jeune garçon dont je suis étonné de ne point entendre sortir le nom de la bouche de ceux qui disent avoir défendu Parmain. Quoi ! vous n'avez eu qu'une victime en combattant, une seule balle ennemie a atteint l'un des vôtres, et pas un mot, un seul mot, un seul accent de douleur n'est parti de vos cœurs à l'adresse de cet infortuné !... Quelle injustice ! Quelle noire ingratitude !!... Pourquoi cet oubli, ou plutôt cette indifférence ? Le nom de ce volontaire, qui affronta la mort sur la barricade, mérite d'être conservé ! Paul Rouillon peut être comparé à François Deldroux, ce marin héroïque, qui, lors de la reddition des forts de Paris, en janvier 1871, aima mieux se tuer sur sa pièce de canon que de l'abandonner ! Deldroux mourut sur sa pièce ; Rouillon mourut sur la barricade : que l'histoire consacre les noms de ces héros obscurs !

Mais la fusillade n'a point dit son dernier mot... La lutte n'est que suspendue.

Le surlendemain, l'ennemi, de plus en plus irrité par ces attaques, plus téméraire que prudent, revient à la charge.

Il s'avance à découvert dans la rue qui relie les ponts, offrant huit hommes de front et trente-deux de profondeur, assure-t-on. Quelle maladresse !...

Sept volontaires seulement sont derrière la barricade avec vingt-cinq fusils. Ils ouvrent un feu meurtrier contre l'ennemi, qui, soudain, comme l'avant-veille, se retranche dans les maisons du voisinage et derrière les murs et riposte vigoureusement ! Mais les volontaires étaient bien abrités derrière la barricade, derrière le mur à balustres du parc comprenant l'île principale et derrière les arbres du parc de Jouy : ils étaient invisibles et les balles qui leur étaient destinées venaient s'aplatir contre les pavés, les murs et les arbres, et pas un homme ne fut atteint ! On assure que l'ennemi eut vingt morts et quarante blessés. Ces combats stériles et ces pertes l'exaspérèrent ! Il crut, bien à tort, pourtant, que Parmain favorisait les volontaires dont, au contraire, ils faisaient l'effroi, et il lui réservait de terribles représailles !...

C'est à ces *attaques*, parties de la barricade, qu'on a donné le nom de : « Défense de Parmain ».

C'est contraire à la vérité, nous allons le faire voir ; nous allons faire voir que Parmain n'a point été défendu.

En effet, chacun le sait, les Prussiens n'avaient point mis le siège devant Parmain ; Parmain n'était pas même menacé ; l'ennemi n'avait absolument rien préparé pour l'envahir, pour en tenter l'assaut ; et, sans l'attaque intempestive dont il a été l'objet devant la néfaste barricade, il s'en serait allé comme il était venu, et de grands malheurs eussent été évités !

On fait aujourd'hui, par paroles et par écrit, beaucoup de bruit sur ce qu'on appelle pompeusement « la défense de Parmain ». Mais Parmain a-t-il jamais été défendu ? Mais ces mots pompeux ne sont-ils pas une outre gonflée de vent ?

Examinons.

Le sol du hameau de Parmain est foulé pour la première fois par trois officiers de l'armée ennemie, qui, le revolver à la main, franchissent l'Oise dans un batelet et viennent briser, jusque dans la station du chemin de fer, les appareils télégraphiques ! On les regarde faire et, leur besogne dévastatrice terminée, ils s'en retournent tranquillement comme ils étaient venus !... Une autre fois, l'ennemi vient à Parmain réquisitionner du pain et pille la boutique de M. Lebrun, débitant de tabacs : on le regarde faire sans rien dire !... La prudence le conseillait, je le reconnais.

Mais la colère montait devant de tels affronts ; et pour venger ces actes de sauvagerie, que malheureusement les lois de la guerre autorisent, une poignée d'hommes, venus de différents endroits, sur le conseil de l'un d'eux, et n'écoutant que leur courage, se porte vis-à-vis du parc de Stors, où l'ennemi, que l'on voyait déboucher du village de Mériel, allait passer bientôt. J'ai dit plus haut comment il y fut reçu et comment quelques-uns, grisés par cette première attaque, voulurent continuer la lutte au cœur du village et construisirent à cet effet la barricade qui devait amener la ruine de Parmain.

Pendant qu'avait lieu le dernier combat à la barricade, combat qui peut-être avait été provoqué par l'ennemi, pour masquer sa tactique, il arriva ce qu'il était facile de prévoir.

Celui-ci, de plus en plus irrité et voulant tirer vengeance des attaques répétées contre lui, attaques courageuses sans doute, mais imprudentes et téméraires, fit franchir l'Oise au moyen de batelets, à Mours, village situé en aval de Beaumont, par une compagnie de fantassins qui vint camper dans le port à pierres de Jouy-le-Comte ; et, simultanément, il jetait un pont de bateaux en amont du pont coupé de Beaumont, pour livrer passage à d'autres troupes destinées à tourner la barricade et à faire main-basse sur les volontaires. C'est ce que M. le docteur Abbadie, dans sa brochure intitulée : « *Les Prussiens à l'Isle-Adam et à Parmain du 16 au 30 Septembre 1870,* » page 18, appelle : « *du nouveau* » et qui parut surprendre les volontaires. Ces braves étaient, on le voit, bien naïfs, bien peu au courant des ruses de guerre. Il leur arrivait ce que je leur avais prédit.

A cette « *nouvelle* » inattendue, le sauve-qui-peut commence et Parmain, qui allait, cette fois, être réellement attaqué, Parmain, sur qui vient fondre un ennemi arrivé au paroxisme de la colère, et qui, à ce moment suprême du péril, a besoin de défenseurs héroïques, Parmain se voit abandonné !..... Ceux qui se croyaient invincibles ont pris la fuite, et les gens paisibles, restés sous leur toit, sont dans la stupeur !...

Le lendemain du jour où les fantassins avaient passé l'Oise à Mours, des uhlans, des hussards, de l'artillerie franchissent cette rivière sur le pont de bateaux, jeté la veille en amont de Beaumont. Une partie se déploie dans les plaines, dans les bois et les villages voisins, décrivant un cercle de six kilomètres environ de rayon, pour ramasser les volontaires, tandis que l'autre vient fondre sur Parmain, entièrement abandonné, sur Parmain tout ouvert et non « barricadé » comme on l'a écrit, à tort, dans le journal *Seine-et-Oise illustré,* page 182. Eh bien ! c'était, où jamais, le moment de se montrer ! C'était le moment de faire voir que la mâle devise : « Vaincre ou mourir ! » que Parmain avait prise, *ainsi que le rapporte M. le Docteur Abbadie, à la page 18 de la brochure citée plus haut,* c'était, dis-je, le moment de faire voir que cette mâle devise n'était pas un vain mot ! Mais ceux qui avaient ouvert le feu derrière la barricade, sentant, un peu tard, que la résistance était désormais impossible ; sentant que privés d'abris ils allaient infailliblement succomber sous le nombre, ceux-là avaient, devant la perspective d'une mort certaine, prudemment désarmé!... Je suis loin de les en blâmer; car, en restant fidèles à leur fière et sublime devise, ils se fussent dévoués en pure perte — hormis pour la gloire — et la ruine de Parmain, de partielle qu'elle a été, eût été complète!!

Les attaques parties de la barricade, comme il était aisé de le prévoir, je le répète, devaient être funestes à Parmain. Redoutant donc ce qui allait arriver, je me rendais, les mains libres, en ce lieu, le soir du dernier combat, pour mettre en lieu sûr la bibliothèque du Docteur Dupuy, quand, arrivé à trois cents mètres du village, j'entends une vive fusillade sans savoir d'où elle partait : (c'était, je l'ai vu peu après, de l'écluse de l'Isle-Adam, sur le bord de laquelle l'ennemi était rangé.) Une seconde décharge suit de près la première. Les balles sifflent dans l'air et labourent la terre à mes côtés; je m'abaisse et me traîne dans le fossé jusqu'à sa fin, où je me relève. Au même moment une grêle de balles passent sans m'atteindre. Mais j'allais me trouver à découvert et j'aurais infailliblement été criblé de projectiles en franchissant l'espace qui me séparait du village. C'était me faire tuer sans atteindre mon but. Je dus donc, le cœur navré, renoncer à mon projet, ignorant, d'ailleurs, ce qui se passait dans Parmain, que les volontaires avaient déserté. En mon chemin, j'avais rencontré M. Capron qui m'avait dit : « Nous sommes f....., les Prussiens ont passé la rivière et « menacent de nous envelopper : Je m'en vais..... » Et le cocher fouette son cheval qui prend le galop, et le véhicule, emportant l'instigateur de la barricade, s'éloigne et disparaît!.....

Ce soir là, il n'y avait de sécurité pour personne.

L'ennemi, ai-je dit, avait résolu de tirer vengeance des attaques de la barricade. Ça ne lui était, hélas ! que trop facile.

Le lendemain matin, il entre, sans aucune résistance, dans Parmain, qui n'est ni « *barricadé ni défendu* ». Il entre la torche allumée, d'une main, le pétrole, de l'autre, et brûle cinquante-deux maisons appartenant à de paisibles habitants ! Il y campe pendant le sinistre, rencontre deux jeunes gens inoffensifs, les pousse contre un mur et les fusille sans pitié !!...

Cette œuvre atroce accomplie, l'ennemi : infanterie, cavalerie, artillerie, se dirige vers Nesles, pour faire sa jonction avec les siens, détachés à la recherche des volontaires dans les champs, les bois et les villages voisins. Il s'arrête à mi-chemin, entre Parmain et Nesles, à la Croix-des-Friches, pointe son artillerie sur ce dernier village, que l'on découvre de cet endroit, et lui envoie douze coups de canon! Nesles passait pour avoir fourni des francs-tireurs et l'ennemi voulait aussi le châtier.

Dans leurs battues, les Prussiens avaient saisi tous les habitants qu'ils avaient rencontrés, les avaient enchaînés et les emmenaient comme otages, disant que « si un seul coup de fusil leur était tiré, ils fusilleraient tous ces infortunés captifs et réduiraient les villages en cendres » !

Tous ces soldats, enivrés par la vengeance qu'ils venaient d'accomplir, faisaient horreur à voir! Ils étaient noirs comme des diables et poudreux comme des courriers! On les vit défiler dans Valmondois pendant quatre heures, avec six pièces de canon de petit calibre, auxquelles étaient attachés les otages, tandis que les uhlans parcouraient les champs et razziaient les vaches qu'ils rencontraient. Heureusement, la raison commençait à exercer son empire; on ne tira plus sur l'ennemi, et la vie de centaines d'hommes fut sauve, et les villages échappèrent aux flammes!

Voilà la conséquence de la barricade du pont coupé. Voilà les faits tels qu'ils se sont accomplis. Je laisse à juger s'il est vrai de dire que Parmain ait été défendu?

O infortuné hameau! tu garderas longtemps le souvenir de tes malheurs!.....

Mais MM. Desmortiers et Maître n'échappèrent point à l'ennemi. La veille de l'incendie de Parmain, ils s'étaient retirés, armés, sur le flanc du côteau boisé, situé entre Parmain et Jouy-le-Comte, d'où ils observaient les Prussiens qui campaient dans le port à pierres, à un kilomètre de là, quand une patrouille, qui les avaient tournés sans qu'ils s'en aperçussent, tombant sur eux à l'improviste, les surprit les armes à la main. Sans doute, ils ne purent se défendre. Ils furent désarmés et liés ensemble, dos à dos, contraints de marcher en cet état jusqu'à Beaumont, et lardés de coups de sabres et de baïonnettes pendant ce long trajet! Quelques jours après, on les fusillait dans un champ de betteraves, à Persan, sur le bord de la fosse qu'on les avait contraints d'ouvrir de leurs propres mains et qui devait recevoir leurs corps! Pauvres infortunés! S'ils n'avaient pas pu se défendre, du moins ils surent mourir en braves! Honneur à leur mémoire!

Avant d'incendier Parmain, l'ennemi avait tenté de le bombarder. A cet effet, il s'était adossé à une carrière située sur la pente, à droite, et près de la route des Bons-Hommes, parallèle à l'avenue de Paris. Il tirait par-dessus l'Isle-Adam, et déjà plusieurs projectiles avaient troué le mur de l'ancien parc de Jouy, vis-à-vis de la maison Arnoult, au Bel-Air, et une bombe perçant un volet était entrée dans la salle à manger de cette maison, y avait éclaté en mille morceaux et mis le mobilier en miettes, quand un des francs-tireurs échappés de Sedan, aussi prudent et brave que bien armé, témoin de cette canonnade, vint prendre position dans une touffe d'arbres située sur le bord du chemin de la Croix-des-Vers, entre Parmain et Valmondois, vis-à-vis et à près de dix-huit cents mètres environ de l'ennemi, et, soit par hasard, soit par la précision de son tir, tua le pointeur sur sa pièce. D'aucuns pensent que la balle qui a atteint ce soldat est venue d'un autre côté. Peu importe. Alors les artilleurs, déconcertés, et ne sachant d'où venait cette attaque, abandonnent leur position et l'exécution de Parmain est différée...

Un autre franc-tireur avait pris position sur une meule de fagots, dans la plaine des Coutures, assez près de la rive droite de l'Oise, et, de là, inquiétait les uhlans qui galoppaient de toute la vitesse de leurs chevaux entre Stors et l'Isle-Adam, et les forçait de s'éloigner. Il en manqua deux à Cordeville, hameau d'Auvers, à quelques mètres de distance. J'ai vu deux particuliers qui, dans un moment de délire, postés près des bois d'Orgivaux, tiraient, avec des fusils à pierre datant du premier empire, sur les Prussiens, qui occupaient le chemin de Stors, devant le château du marquis de Tilière, à 1,300 mètres de distance! Ce n'était rien moins qu'insensé! Les Prussiens, mieux armés, ripostaient, et leurs balles venaient labourer la terre devant nous. J'ai fait rentrer au bois ces braves gens, mais leur attaque, irréfléchie, a failli amener le bombardement de Valmondois.

La barricade, on l'a vu, n'a point sauvé Parmain. Elle devait être tournée, c'était immanquable, par des forces relativement considérables. Et que pouvait d'utile la vaillance contre le nombre ? Rien, que mourir ! *L'attaque, et non point la défense*, partie de la barricade, n'a servi qu'à faire quelques victimes, dont cinq Français, et réduire en cendres la moitié de Parmain et lui causer une perte de plus d'un million de francs !

Cette barricade n'aurait eu sa raison d'être que pour retarder la marche de l'ennemi, en attendant l'arrivée prochaine d'un corps d'armée français. Mais on n'avait pas même à ce sujet la plus faible lueur d'espérance. D'ailleurs, jamais corps de l'armée ennemie n'a tenté de passer l'Oise à Parmain. Et s'il l'eût voulu, n'était-il pas absolument impossible à quelques hommes mal armés, sans discipline, étrangers à l'art de la guerre, de tenir, malgré leur courage, de tenir tête à l'ennemi, soit à la barricade, soit en rase campagne ? Non, cela n'était pas possible à une poignée d'hommes, quelque braves qu'ils fussent. Ils finirent par le comprendre et c'est ce qui explique leur absence à la Croix-des-Friches, absence que M. Capron leur reproche dans un article inséré au n° 15 du journal *Seine-et-Oise illustré*.

Mais M. Capron oublie *qu'il n'était revêtu d'aucun caractère officiel* pour dicter des ordres à des hommes de bonne volonté, qui se considéraient comme indépendants ; et il s'était fait illusion si jamais il avait pu croire que des pères de famille quitteraient leurs travaux, leurs maisons, leurs femmes et leurs enfants, pour s'opposer à l'invasion de leur pays, que n'avaient pu défendre des armées régulières ! Une telle façon de penser était aussi contraire à la raison qu'aux lois de la guerre ; et quelque douleur (et elle était cuisante) que ressentît notre patriotisme, nous devions nous résigner à subir les affronts, les humiliations et les malheurs attirés sur notre chère Patrie par cette horrible guerre, par cette guerre à jamais maudite !!!

Feu M. le général baron de Beurnonville me disait, un jour, que, sollicité de se mettre à la tête de quelques hommes de bonne volonté, il avait refusé, parce que les lois de la guerre ne permettent point à la population civile de prendre les armes contre l'ennemi ; que la défense n'eût été possible, loyale, qu'autant qu'on aurait pu disposer d'un corps de troupes régulières dans lequel on aurait incorporé les volontaires ; mais que sans ce corps de troupes il n'y avait rien à faire ; que marcher à l'ennemi dans d'autres conditions amènerait infailliblement, en cas d'échec, la mort de ceux qui seraient pris les armes à la main, et la ruine du pays. On fait prisonnières des troupes régulières, mais on fusille des particuliers armés qui ne sont pas considérés comme *belligérants*.

L'affreux évènement, accompli à Parmain, n'a que trop prouvé que ce vieux général avait raison.

J'entends souvent dire : « Mais si on avait fait partout comme à Parmain, pas un seul Prussien n'aurait revu son pays !... »

C'était le sentiment qui dominait quand l'irritation avait envahi les esprits ; je l'ai éprouvé comme tout le monde. Comme tout le monde j'ai maudit les auteurs de la guerre ; comme tout le monde j'aurais voulu voir le dernier Prussien mordre la poussière ; mais le sang-froid, mais l'expérience nous ont fait voir que si c'est facile à dire, c'est moins facile à faire.

Pour réussir, il aurait fallu que la France entière se levât comme un seul homme, prît les armes et courût à l'ennemi ! Etait-ce possible ? Non, évidemment non ! Instruction, organisation, armes, discipline, tout nous manquait, hormis le courage, qui, seul, ne pouvait suffire. Non, nous n'étions nullement préparés pour accomplir un acte aussi viril, un acte de dévouement aussi sublime !

Mézières, près de Mantes, et Eragny, près de Gisors, qui ont fait comme Parmain, ont aussi été réduits en cendres !

Enfin l'ennemi débordait de tous côtés. Mon cœur se serre encore au souvenir du défilé, sur nos routes, de ces longues lignes noires et lugubres d'hommes armés, de chevaux et d'engins destructeurs, qui foulaient le sol de notre malheureuse Patrie et laissaient derrière elles la terreur, la désolation, la ruine et la mort ! ! ! Et nous étions impuissants pour l'empêcher !... Quelle affreuse situation ! La guerre, ah ! quelle horreur ! Puisse notre chère Patrie, pour son bien et celui de l'humanité, ne jamais la revoir ! ! !

Les lignes insérées dans le n° 517 du *Républicain de Seine-et-Oise* appellent encore une remarque autant dans l'intérêt de la vérité que pour donner satisfaction aux incendiés de Parmain. En les lisant, on pourrait croire que, seul, M. Capron a subi des pertes,

que, seule, sa maison a été incendiée, quand cinquante autres,
dont on ne parle pas, ont eu le même sort! M. Capron, qui avait
pris ses précautions, a, au contraire, moins perdu que tout autre.
Sentant ce qui devait infailliblement arriver, il avait eu soin de
déménager sa pharmacie et son mobilier; et si une dernière voiture
de ses meubles a été brulée, c'est que le conducteur, Néna, de
Vaux (Champagne), ayant eu son chapeau percé d'une balle prit
peur, dételа ses chevaux et abandonna meubles et voiture sur la
voie publique! Ce pauvre voiturier est en instance, depuis seize
ans, auprès de la commune de Jouy-le-Comte, afin d'obtenir une
indemnité pour la perte de sa voiture. Il attend toujours.

M. Capron, on le voit, n'est pas celui qui a perdu le plus dans
le désastre auquel il a contribué; il n'est pas le plus à plaindre.
D'aucuns même disent qu'il est plutôt à blâmer. Je termine.

Le simple récit qu'on vient de lire n'a pour but, je l'ai dit en
commençant, que de rétablir la vérité, marquer la responsabilité
et faire la part de chacun. Il n'ôte rien de la bravoure de
M. Capron, ni de ceux qui, exaspérés des actes de vandalisme de
l'ennemi, se sont levés spontanément contre lui, mais qui n'ont
pas tardé à reconnaître la grandeur de l'imprudence qu'ils
venaient de commettre *en l'attaquant, et non en se défendant*,
derrière une barricade, à l'intérieur du village. Parmain l'a
payé cher!

Une chose qui étonne, c'est que l'ennemi n'ait point employé
le canon contre cette barricade, que quelques boulets eussent pu
réduire en peu de temps, la prenant en écharpe du parc des
Écuries. Des coups de feu, dit-on, l'en ont empêché.

Depuis quinze ans, cette déplorable affaire était un peu oubliée,
et je crois qu'il convenait de l'ensevelir tout à fait dans l'oubli,
plutôt que de la remettre sur le tapis. Comment et pourquoi s'est-
elle réveillée? Je l'ignore et je crois que c'est là un fait regrettable,
plus propre à isoler les hommes les uns des autres, qu'à les réunir. Jamais, non jamais Parmain ne s'associera aux réjouissances
célébrées aujourd'hui sur ses ruines encore fumantes, sur les
cadavres encore chauds de victimes innocentes! Soyez plus
retenus; ne parlez plus de la « défense de Parmain », de Parmain
dont le sort fut si malheureux, *de Parmain compromis, abandonné
et non point défendu!* C'est raviver ici de trop cruels souvenirs!!...

Je n'oublierai jamais, et bien d'autres avec moi, le mal causé a ce pays en général et en particulier celui fait au Docteur Dupuy ; au Docteur Dupuy dont le souvenir est resté ineffaçable dans le cœur des pauvres ; au Docteur Dupuy qui, dans le cours de sa carrière, non seulement a donné deux cent mille francs de ses deniers aux déshérités de la fortune, mais encore les a soignés pour rien ; à ce médecin charitable dont l'âme, grande et généreuse, n'a jamais fait que le bien ; au docteur Dupuy, qui, atteint lui-même de cruelles souffrances, donnait encore des soins aux malades la veille de sa mort ! Non, je ne puis oublier le mal fait à ce bon et inoffensif docteur par la perte de sa maison, de son mobilier, et surtout *de sa bibliothèque, composée de près de six mille volumes d'ouvrages de choix ; de ses livres si précieux pour lui, homme si studieux, et que le savant Docteur avait mis cinquante ans à réunir à grands frais ! livres qu'il appelait les amis de ses vieux jours et dont la perte irréparable a hâté la fin de sa vie, de cette vie si utile à ses semblables !...*

Bon et respectable Docteur, puisse ce bruit inopportun, qu'il vous serait si pénible d'entendre, ne point pénétrer le suaire dans lequel vous êtes enseveli et laisser vos mânes en repos ! Puissent ces lignes dictées à votre gendre par son amour filial, pour revendiquer les actes de courage et de dévouement qui vous appartiennent, ne pas blesser votre modestie, et vous être douces et consolantes par-delà le tombeau !

CH. BERNAY.

Orgivaux, le 27 juillet 1886.

www.ingramcontent.com/pod-product-compliance
Lightning Source LLC
Chambersburg PA
CBHW061734180626
46818CB00006B/2606